LE SECRET
D'UN
PRÉNOM

Pour Aube, Hortense,
Valentine, Théophile, Alice,
Camille, Noémie et Solal.

ISBN 978-2-330-02062-0

Loi 49-956 du 16 juillet 1949
sur les publications destinées à la jeunesse

LISA BRESNER

LE SECRET D'UN PRÉNOM

Illustrations de
FRÉDÉRICK MANSOT

Calligraphies de
FAN YIFU

ENCORE
UNE FOIS...

Les noms que rencontre Fleur de Courgette dans cette histoire lui serviront pour se choisir un prénom. Le jeune lecteur va découvrir l'écriture chinoise : chaque fois qu'il apprendra un idéogramme, celui-ci se substituera dans le texte au mot français auquel il correspond.

À la fin du livre, un petit lexique chinois présente les idéogrammes des prénoms de l'histoire, leur signification, leur prononciation, et invite à jouer à les assembler.

Attention à l'ordre des idéogrammes.

Par exemple, si tu souhaites t'appeler Jade de Feu, place l'idéogramme du "Feu" en premier et celui du "Jade" en second. En revanche, si tu souhaites t'appeler Petit Tigre ou bien Petite Cerise, l'ordre est le même qu'en français.

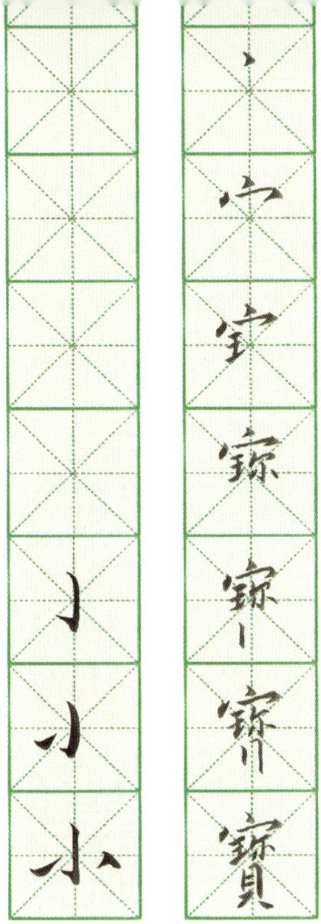

Petit *Trésor*

小寶

Un bruit de bol qui se brise par terre se fit entendre dans toute la maison.
Les cheveux de **Petit Trésor** 小寶 se dressèrent.
Le jeune garçon avait maintenant sur la tête deux épis aussi raides que des baguettes.
Décidément, ce soir, il n'arriverait pas à terminer ses devoirs dans le calme !
Un autre bruit, beaucoup plus fort celui-là, le fit sursauter.
Le plat de travers de porc au caramel était-il passé par la fenêtre de la cuisine ? Ou était-ce la porte de celle-ci qui venait de claquer ?
小寶 referma son cahier. C'en était trop !
Il avait maintenant trois épis sur la tête, plus aucune chance de résoudre son problème de mathématiques, et peut-être plus rien à dîner !
Il ouvrit la porte de la cuisine et entendit sa grande sœur crier sa colère.

– **Fleur de Courgette** 瓜花 ! C'est ridicule, horrible, ça sent mauvais ! Maman, papa, qui peut supporter de porter un nom pareil ? Je n'en veux plus, c'est fini ! Ce soir, c'est l'anniversaire de mes huit ans, tout va changer !

– Ce qui ne changera pas ce soir, rétorqua sa maman, c'est la propreté de ma cuisine. Ramasse donc le bol de soupe que tu viens de faire tomber.

La maman de 瓜花 avait préparé une délicieuse soupe aux nids d'hirondelles.

Son papa était dans le jardin en train de faire griller les travers de porc au caramel.

小寶 se mit à table et respira la bonne odeur qui se dégageait de la marmite de patates douces.

– Nous allons nous régaler, dit-il en se frottant les mains.

D'un bond, 瓜花 se hissa sur une chaise et tira la marmite vers elle.

– Personne ne dînera dans cette maison tant qu'on ne m'aura pas trouvé un autre nom ! hurla-t-elle.

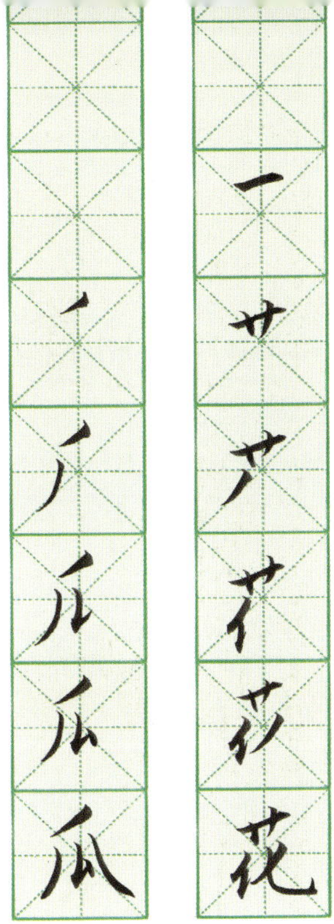

Courgette *Fleur*

瓜花

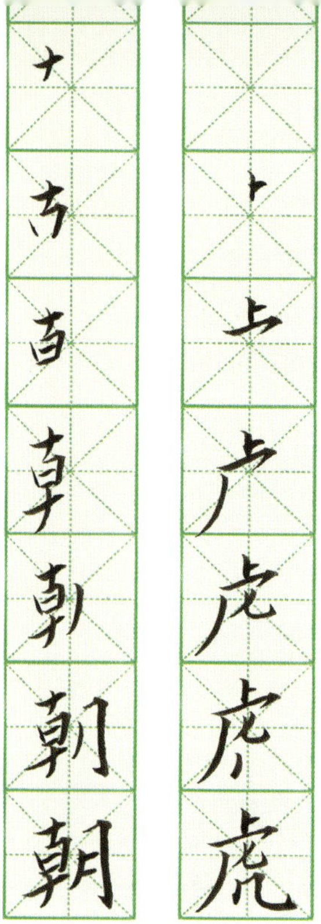

Matin *Tigre*

朝虎

小寶 retint de toutes ses forces l'autre poignée de la marmite.

– J'ai faim, moi ! dit-il.

Elle tirait d'un côté et lui de l'autre.

Leur papa, qui s'appelait **Tigre du Matin** 朝虎, était revenu dans la cuisine. Il posa sur la table un plat fumant de travers de porc au caramel et, d'un seul geste, sépara les enfants et éloigna d'eux la marmite de patates douces bouillantes.

Un parfum de nids d'hirondelles flottait dans l'air.

– À table ! annonça la maman. Tu seras servie en dernier, 瓜花, c'est ta punition pour avoir cassé ton bol !

– Arrête de m'appeler comme ça, je n'ai pas envie de dîner, de toute façon ! Je veux un autre nom !

小寶 s'assit à côté de sa sœur et lui chuchota à l'oreille qu'il lui avait fabriqué pour son anniversaire un cerf-volant en forme de papillon.

Il l'avait posé avec les autres cadeaux sur la table du salon.

– Tu peux le garder, je m'en fiche de ton cerf-volant papillon !
Ce que je veux, c'est un autre nom ! lui répondit rageusement 瓜花 .
小寶 se leva de table et se précipita dans le salon. Il en revint avec le paquet destiné à sa sœur.
Très content, il l'ouvrit et dit :
– Merci, 瓜花 ! C'est la première fois que je reçois un cadeau pour ton anniversaire.

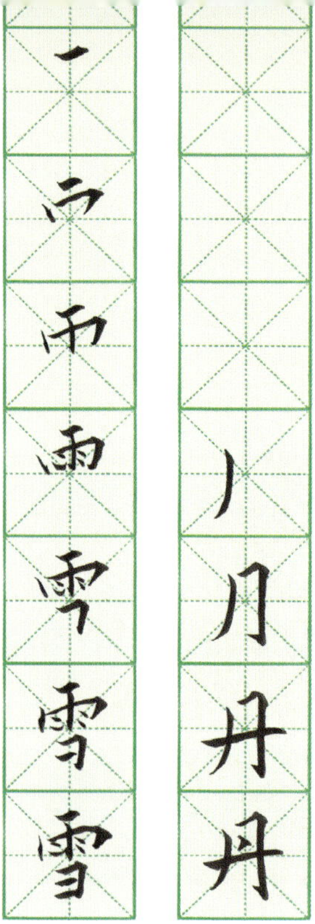

Neige *Pivoine*

朝虎 mangeait avec appétit son travers de porc au caramel et léchait l'os comme un ours qui a trempé sa patte dans du miel.

– Moi, je t'ai offert ton poids en bonbons.

瓜花 haussa les épaules :

– C'est beaucoup trop, vingt-quatre kilos de bonbons ! Je veux juste un autre nom !

朝虎 se leva de table et se précipita dans le salon. Il en revint avec le gros paquet destiné à sa fille.

– Merci, 瓜花 ! Je donnerai donc tes vingt-quatre kilos de bonbons à tous les enfants de notre quartier. Quelle générosité, si tout le monde pouvait te ressembler ! poursuivit son père d'un ton moqueur.

瓜花 fit une horrible grimace.

Pivoine de Neige 雪丹, la maman, dit alors :

– Moi, je t'ai offert un adorable petit chaton. Tu n'en veux pas non plus, j'imagine ?

瓜花 hésita. Elle en avait rêvé jour et nuit, de ce petit chat.

雪丹

Elle déclara pourtant avec mauvaise humeur :

– Je te le laisse, maman ! Vous ne comprenez rien, papa et toi, je parle pourtant chinois ! Je ne veux ni cerf-volant papillon, ni bonbons, ni chaton, je veux juste un nouveau nom !

雪丹 se leva de table et se précipita dans le salon. Elle en revint avec un panier où dormait le petit chaton destiné à sa fille.

– Comment vais-je appeler cet adorable petit chat ? s'interrogea-t-elle.

瓜花 fondit en larmes, mais ne dit rien.

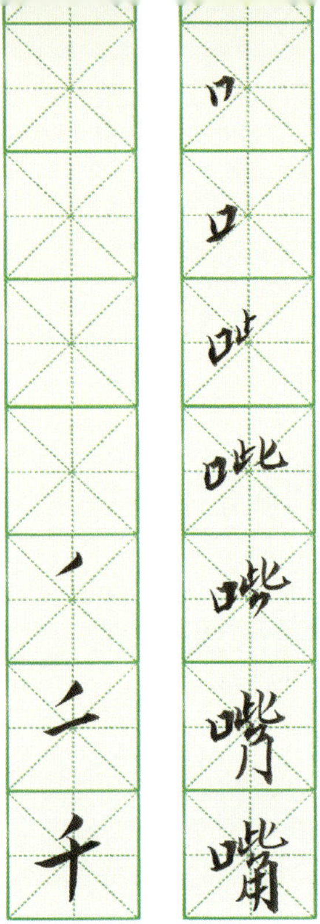

Mille *Bouches*

千嘴

Soudain, le carillon de la porte se mit à sonner,
小寶 se précipita pour ouvrir.
Un vieil homme entra. Il portait sur la tête un chapeau noir et sur le dos une cape en peau de léopard.
– C'est grand-père **Mille Bouches** 千嘴 !
s'écria 小寶.
– Je n'arrive pas trop tard pour féliciter ta sœur et souffler les bougies de son gâteau ?
demanda le grand-père.
– 瓜花 est dans tous ses états, répondit 小寶 en l'attirant dans le salon. Regarde, elle n'a accepté aucun de nos cadeaux, elle a refusé de dîner et maintenant elle pleure à chaudes larmes.
Gardant sa cape en peau de léopard sur le dos, grand-père 千嘴 posa son chapeau noir sur un fauteuil et appela toute la famille.
– Venez tous voir le cadeau que j'ai apporté à 瓜花 !

Suivis de leur fille qui avait les yeux rougis par les larmes, les parents déboulèrent dans le salon.

爪花 cherchait des yeux le cadeau que lui avait apporté son grand-père et se préparait déjà à dire qu'elle n'en voulait pas.

– Inutile de chercher un paquet, dit grand-père 千嘴, il ne se voit pas car… il se trouve sur le bout de ma langue.

爪花, très intriguée, s'approcha de son grand-père.

Celui-ci se râcla la gorge, caressa un instant les poils de sa cape et dit :

– Je vais te raconter une histoire et je suis certain que tu trouveras le nom de tes rêves dedans. « Il était une fois… » Ah ! j'oubliais, s'interrompit grand-père 千嘴, c'est une histoire qui fait un peu peur, vous êtes vraiment certains de vouloir l'entendre ?

– Oui ! répondirent-ils tous d'une seule voix.

– Alors, je commence, dit grand-père 千嘴.

Nuit *Dragon*

夜龍

« Il était une fois un jeune homme qui était aussi beau qu'intelligent.

Il s'appelait **Dragon de Nuit** 夜龍 car, depuis qu'il était petit, il aimait chevaucher son fidèle cheval noir, mais seulement la nuit.

夜龍 n'avait qu'un seul défaut, il était très timide. Dans les ruelles des petits villages, il baissait les yeux dès qu'il croisait un homme. Dans les avenues des grandes villes, il détournait les yeux dès qu'il croisait une femme.

Les années passèrent, 夜龍 se sentait de plus en plus seul.

Il ne parlait plus à personne si ce n'était à son cheval, qui se contentait de le regarder d'un œil triste.

夜龍 n'était pas amoureux mais il avait le cœur brisé comme si sa fiancée l'avait quitté.

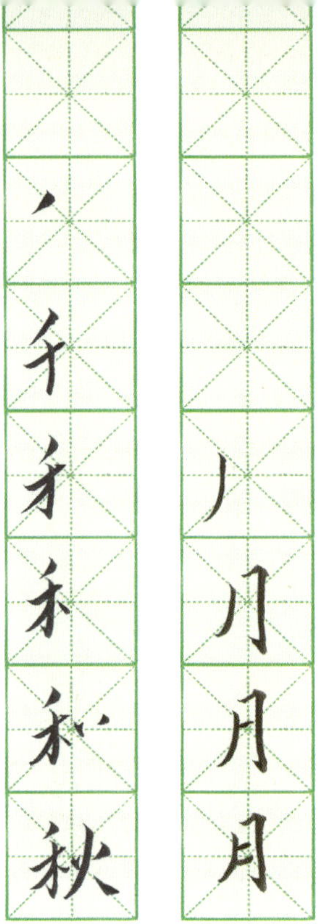

Automne Lune

秋月

Un jour, il décida donc de se marier.
Comme il n'avait jamais osé parler à une jeune femme, il demanda conseil à sa sœur, **Lune d'Automne** 秋月.

– J'ai beaucoup d'amies en âge de se marier.
Je peux te montrer le portrait de chacune, si tu veux, dit 秋月 à son frère.

Sur ces mots, elle tira de son coffre un album
où étaient dessinées trois jeunes femmes.
– Celle-ci s'appelle **Hirondelle d'Été** 夏燕,
elle a une très jolie voix et chante à merveille.
夜龍 secoua la tête :
– 夏燕 me paraît un peu trop grande.
– Son père possède pourtant neuf palais de jade,
rétorqua 秋月. C'est le plus riche marchand
de la route de la soie. Il possède les plus rares trésors
de notre pays.
夜龍 haussa les épaules et dit à sa sœur :
– L'argent ne m'intéresse pas. Montre-moi
la suivante, je suis certain qu'elle me plaira.
秋月 regarda son frère avec surprise :
– Tu es sûr que tu trouves 夏燕 trop grande
et trop riche ?
夜龍 se contenta de dire oui de la tête.

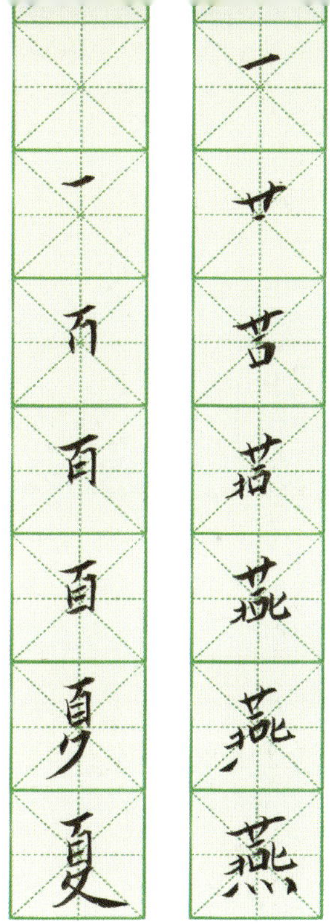

Été *Hirondelle*

夏燕

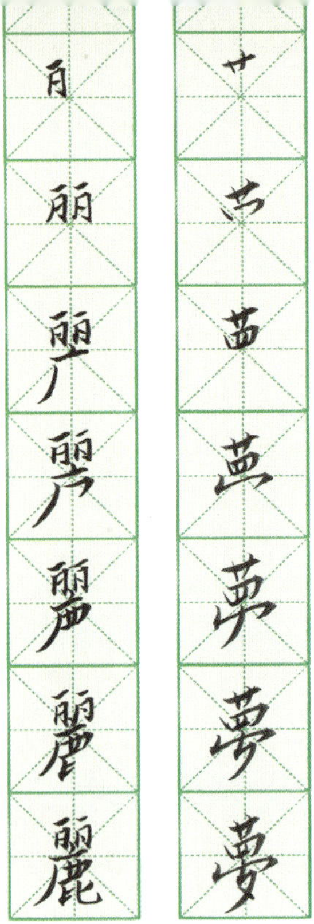

Joli *Rêve*

麗夢

秋月 tourna la page de son album :

– Celle-ci se nomme **Joli Rêve** 麗夢,

elle aime voyager et elle a de très beaux cheveux.

夜龍 secoua la tête :

– 麗夢 me paraît un peu trop petite.

– Son père possède pourtant neuf jonques de cent pieds de haut, rétorqua 秋月. C'est le capitaine le plus célèbre de l'Empire et il a voyagé sur les quatre mers et les trois océans.

風香

夜龍 fronça les sourcils et dit à sa sœur :
– Les voyages ne m'intéressent pas. Montre-moi la suivante. Je suis certain qu'elle me plaira.
秋月 tourna la page de son album :
– C'est la dernière, elle se nomme **Parfum du Vent** 風香 et elle est très courageuse, elle tire très bien à l'arc.
À nouveau, 夜龍 secoua la tête :
– 風香 ne me paraît ni trop petite ni trop grande, mais elle a un je-ne-sais-quoi qui me fait peur !
– Son père possède pourtant neuf armées de mille guerriers chacune, rétorqua 秋月. C'est le général le plus puissant de Chine, il a repoussé l'ennemi pendant trois dynasties.
夜龍 se mordit les lèvres et dit à sa sœur :
– Le pouvoir ne m'intéresse pas. Montre-moi la suivante, je suis certain qu'elle me plaira.
秋月 referma son album d'un coup sec.
– Tu es bien difficile ! Puisque c'est comme ça, débrouille-toi tout seul !

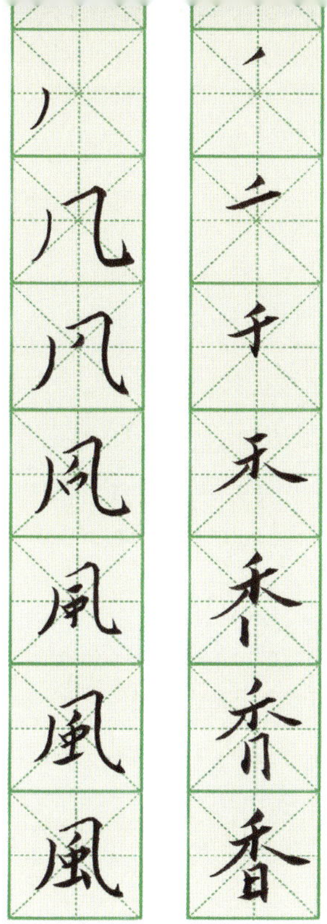

Vent *Parfum*

Pendant plusieurs jours, 夜龍 erra sur son cheval à la recherche de la femme idéale. Il ne trouva personne.

Épuisé, il se reposa au pied d'un énorme camphrier.

Le tronc de l'arbre était si grand qu'il ne remarqua pas le sorcier qui se cachait derrière.

– Vous me paraissez bien fatigué, jeune homme, lui dit celui-ci sans se montrer ; une maladie d'amour, sans doute ?

清星

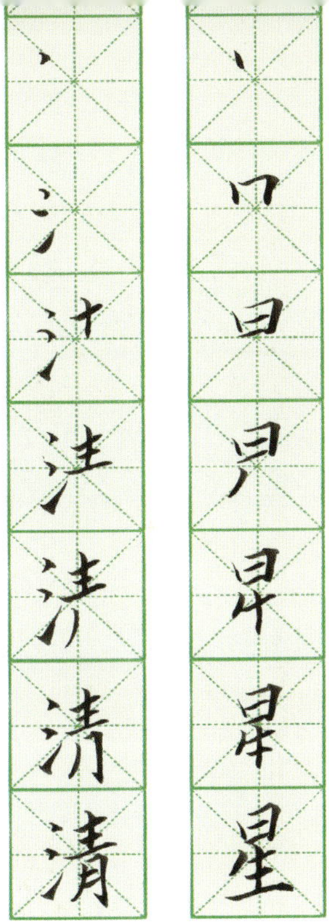

Pure *Étoile*

夜龍 sursauta. Il croyait rêver. Ce camphrier pouvait parler !

– Qui êtes-vous ? demanda-t-il.

– Ne cherchez pas à le savoir, écoutez seulement la voix de cet arbre :

"Ce que le destin unit, nul ne saurait le séparer." Votre future épouse est née, il y a à peine quelques mois. C'est un joli bébé qui porte le nom de **Pure Étoile** 清星. Elle est née dans le quartier Ouest et, malheureusement, sa mère est morte. Son père est un vieux et pauvre jardinier. Ils habitent tous les deux rue des Trois-Sangliers.

– Je ne veux pas épouser la fille d'un pauvre jardinier, s'écria 夜龍. Je mérite une princesse, moi ! Et pas un bébé de quelques mois !

– "Ce que le destin unit, nul ne saurait le séparer", répondit le sorcier.

夜龍 fit le tour de l'arbre pour savoir à qui appartenait cette voix.

Le sorcier avait disparu.

夜龍 remonta aussitôt sur son cheval et galopa jusqu'au quartier Ouest. Arrivé au début de la rue des Trois-Sangliers, il vit un vieil homme qui tirait une charrette remplie de pots de fleurs. Au milieu, un bébé gazouillait dans son couffin.

夜龍 descendit de sa monture et lui demanda :

– Avez-vous une fille qui s'appelle 清星 ?

Le jardinier, surpris, leva les yeux vers l'inconnu et répondit :

– C'est exact, la voici.

– Vous êtes bien âgé pour tirer une charrette aussi lourde. Permettez-moi de vous aider ! proposa 夜龍.

Le vieil homme sourit et accepta :

– Je dois livrer ces pots de fleurs dans le quartier Est.

– Très bien, je vais attacher la charrette à mon cheval.

Avant que le vieux jardinier n'ait eu le temps de prendre le couffin, 夜龍 lança son cheval au galop.

Le jardinier comprit alors que l'inconnu lui avait enlevé sa fille.

Il en mourut de chagrin.

夜龍 conduisit la charrette dans une forêt. Il s'arrêta dans une clairière, prit le bébé dans ses bras. Puis il sortit de sa poche un long clou très fin qui lui servait d'habitude à fixer les sabots de son cheval.
Les yeux noirs de colère, il regarda le bébé et enfonça le clou dans la tête de 清星. Puis il la reposa dans son couffin qu'il cacha sous les feuilles.
Le ciel se couvrit soudain de nuages noirs. Une pluie violente tomba.
De grosses gouttes froides tombèrent sur la tête du bébé qui se mit à hurler. »

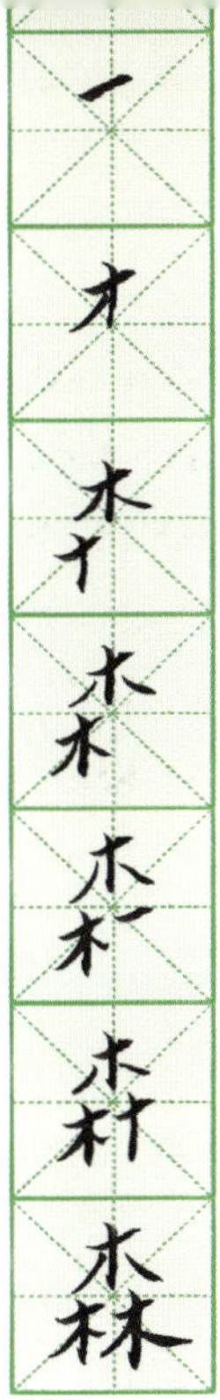

Bois

Joie

– Quelle horreur ! s'exclamèrent d'une seule voix 瓜花, 小寶, 雪丹 et 朝虎.
Grand-père 千嘴 sourit et dit :
– Je vous avais prévenus que mon histoire faisait peur. Laissez-moi pourtant vous raconter la suite…

« Croyant avoir tué la petite fille, 夜龍 s'était enfui de la forêt.
Il ne se doutait pas que l'empereur était en train de chasser dans cette forêt.
Tout à coup, celui-ci entendit les pleurs d'un bébé.
L'empereur découvrit alors 清星 qui criait dans son couffin, abandonnée sous les feuilles mouillées par la pluie.
Le clou ne l'avait ni tuée ni blessée.
L'empereur prit le bébé dans ses bras et l'éleva comme sa propre fille dans son palais.
Il l'appela **Joie des Bois** 森樂.

森樂

Bien des années plus tard, 夜龍 ne s'était toujours pas marié. Tous les jours, il se repentait et regrettait d'avoir tué 清星. Il ne pouvait oublier le geste horrible qu'il avait fait et, pendant de nombreuses années, il occupa tout son temps à soigner les bébés malades et il devint le premier docteur de l'Empire à savoir guérir les petits enfants.

De nombreuses années passèrent ainsi.
夜龍 était devenu très célèbre dans son pays.
L'empereur voulut rencontrer ce docteur si habile et l'invita dans son palais.
Devant le trône, 夜龍 reçut les félicitations de Sa Majesté.
– Je veux te remercier pour toutes les vies que tu as sauvées dans mon empire.
Veux-tu être riche ? Je te donnerai de l'or.
夜龍 secoua la tête :
– Non, merci.
L'empereur lui demanda :
– Alors, veux-tu être puissant ?
Je te nomme premier ministre.
夜龍 secoua la tête :
– Non, merci.
L'empereur fronça les sourcils et lui dit.
– Dis-moi alors ce que tu veux !
夜龍 répondit :
– Je veux simplement être heureux et me marier.

L'empereur se leva de son trône et ordonna à ses gardes d'aller chercher 森樂. Un instant plus tard, une belle jeune fille apparut sous les yeux émerveillés de 夜龍.

Comment aurait-il pu reconnaître en elle la petite fille qu'il croyait avoir tuée ?

De son côté, 森樂 admirait depuis longtemps le célèbre docteur et elle accepta, par un sourire, de l'épouser.

Le mariage fut célébré et les nouveaux époux s'aimèrent tendrement.

Quelques mois après, 夜龍 découvrit que 森樂 avait mal à la tête chaque fois qu'il pleuvait. Il interrogea son épouse :

– Souffres-tu ainsi depuis longtemps ?

– Oui, répondit-elle. Depuis toujours, dès que la pluie se met à tomber, j'ai aussitôt mal à la tête.

夜龍 sortit alors de son coffre des feuilles de camphrier et les posa sur la tête de sa femme. Quand il les enleva, 森樂 voulut se recoiffer. Tandis qu'elle se peignait, un long clou tomba de ses cheveux. Stupéfait, 夜龍 comprit aussitôt que 森樂 n'était autre que la fille du vieux jardinier : la petite 清星 avait survécu !

Il était maintenant le plus heureux des hommes.

Ramassant le clou, il dit à sa femme :

– Tu n'auras plus jamais mal à la tête, maintenant, 清星.

Elle éclata de rire :

– J'en suis ravie, mais pourquoi m'appelles-tu 清星 tout à coup ?

夜龍 serra sa main dans la sienne et lui dit :

– “Ce que le destin unit, nul ne saurait le séparer.” »

Grand-père 千嘴 claqua ses paumes l'une contre l'autre :

– Voilà, 瓜花 , mon histoire est terminée.

As-tu trouvé un nom qui te plaisait ?

Veux-tu t'appeler 秋月, 夏燕, 夜龍, 麗夢, 風香 ou 清星 ?

Tout le monde regardait 瓜花 .

– Et pourquoi pas Lune de Joie ? lui suggéra sa mère.

– Pur Parfum t'irait très bien ! lui dit son père.

– Moi, je préfère Rêve de Dragon ! lui murmura son frère.

Sur la pointe des pieds, 瓜花 s'approcha de son grand-père
et chuchota tout bas à son oreille le prénom qu'elle avait choisi.
Puis elle le chuchota à l'oreille de son frère, de sa mère et de son père.
Elle n'oublia pas non plus de le chuchoter à l'oreille du petit chat
qui dormait et qui n'avait pas encore de nom.

LES PRÉNOMS CHINOIS

En Chine, on possède au moins trois prénoms.
Le premier est celui que l'on reçoit à la naissance.
Le deuxième est le nom scolaire, que l'on reçoit entre sept et neuf ans, celui que Fleur de Courgette souhaite changer dans l'histoire.
Le dernier est le nom social, que l'on reçoit entre seize et vingt-cinq ans.
Certains Chinois, et surtout les artistes, s'inventaient – et s'inventent encore – autant de noms qu'ils voulaient.
Pour inventer ton nom en chinois, choisis deux idéogrammes différents dans les pages qui suivent et associe-les.
Tu peux aussi t'amuser à choisir ton prénom en fonction de sa prononciation.

LES IDÉOGRAMMES

La langue chinoise ne possède pas d'alphabet semblable au nôtre. Les mots ne s'écrivent donc pas avec des lettres mais avec des signes qui ressemblent à des dessins ou, d'une certaine manière, à des logos. Un idéogramme est le dessin d'une idée ou d'un objet.

La prononciation est indépendante de l'écriture.
Un grand nombre d'idéogrammes sur les cinquante mille existants se prononcent avec le même son. Seule leur écriture les différencie et c'est pour cette raison que les Chinois tracent parfois dans la paume de leur main les traits de l'idéogramme dont ils veulent parler. Il existe quatre tons de voix qui permettent de distinguer les idéogrammes se prononçant de la même façon.

—
MA premier ton signifie "maman".

/
MA deuxième ton signifie "chanvre".

V
MA troisième ton signifie "cheval".

\
MA quatrième ton signifie "insulte".

LES QUATRE TONS DE VOIX

—	: la voix chante un *la* (1er ton)	/	: la voix monte (2e ton)
V	: la voix descend puis monte (3e ton)	\	: la voix descend (4e ton)

LA CALLIGRAPHIE

La calligraphie est un art en Chine aussi important que la peinture. D'ailleurs les Chinois emploient le même pinceau et les mêmes techniques de traits pour écrire et pour peindre. Pour tracer un idéogramme, il ne faut pas commencer par n'importe quel trait.

Respecter les règles d'ordre des traits facilite la mémorisation de l'idéogramme et permet d'acquérir une calligraphie dynamique. Il faut essayer aussi de tracer l'idéogramme dans un carré imaginaire sans jamais dépasser, quel que soit le nombre de traits.

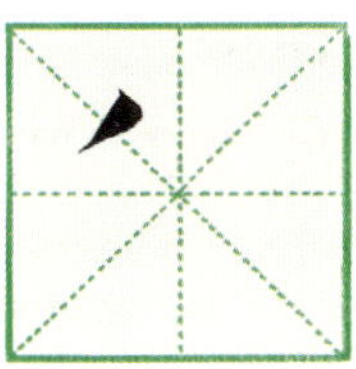

LES PRÉNOMS DU CONTE

Petit Trésor

小	寶	瓜	花
Petit	*Trésor*	*Courgette*	*Fleur*
∨	∨	—	—
xiao	**bao**	**gua**	**hua**

Fleur de Courgette

Tigre du Matin

朝	虎	雪	丹
Matin	*Tigre*	*Neige*	*Pivoine*
—	∨	∨	—
zhao	**hu**	**xue**	**dan**

Pivoine de Neige

Mille Bouches

千	嘴	夜	龍
Mille	*Bouches*	*Nuit*	*Dragon*
—	∨	\	/
qian	**zui**	**ye**	**long**

Dragon de Nuit

Lune d'Automne

秋	月	夏	燕
Automne	*Lune*	*Été*	*Hirondelle*
qiū	**yuè**	**xià**	**yàn**

Hirondelle d'Été

Joli Rêve

麗	夢	風	香
Joli	*Rêve*	*Vent*	*Parfum*
lì	**mèng**	**fēng**	**xiāng**

Parfum du Vent

Pure Étoile

清	星	森	樂
Pure	*Étoile*	*Bois*	*Joie*
qīng	**xīng**	**sēn**	**lè**

Joie des Bois

竹	白	青	福	天

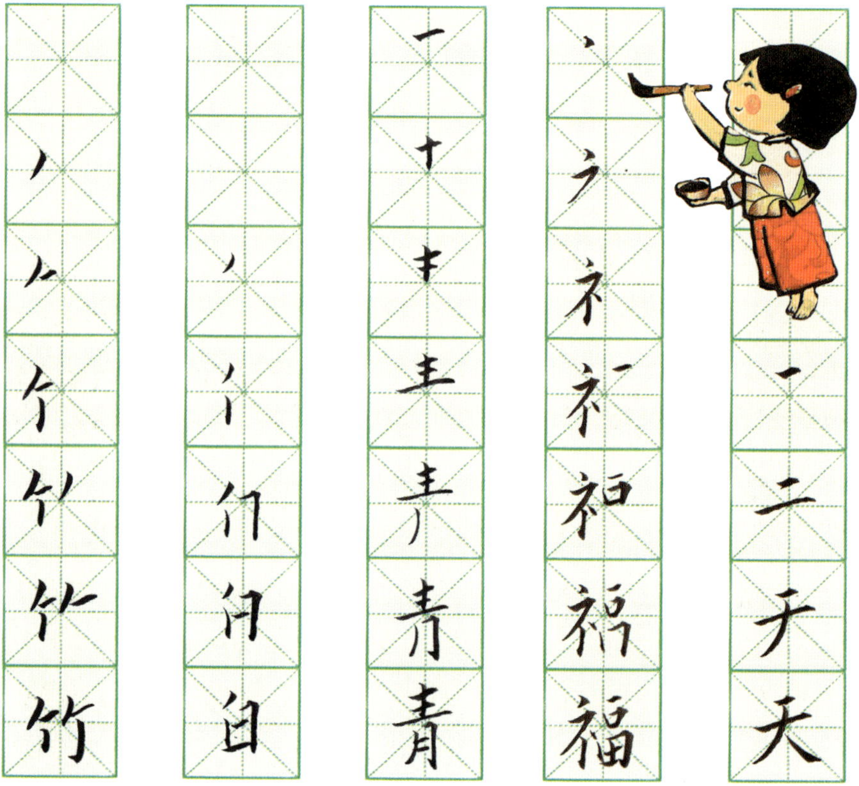

Bambou	*Blanc*	*Bleu*	*Bonheur*	*Céleste*
zhú	**bái**	**qīng**	**fú**	**tiān**

櫻 猫 馬 金 雙

Cerise	*Chat*	*Cheval*	*Doré*	*Double*
yīng	**māo**	**mǎ**	**jīn**	**shuāng**

火 力 冬 玉 蓮

Feu	*Force*	*Hiver*	*Jade*	*Lotus*
ˇ	ˋ	ˉ	ˋ	ˊ
huo	**li**	**dong**	**yu**	**lian**

黑 眼 安 凰 魚

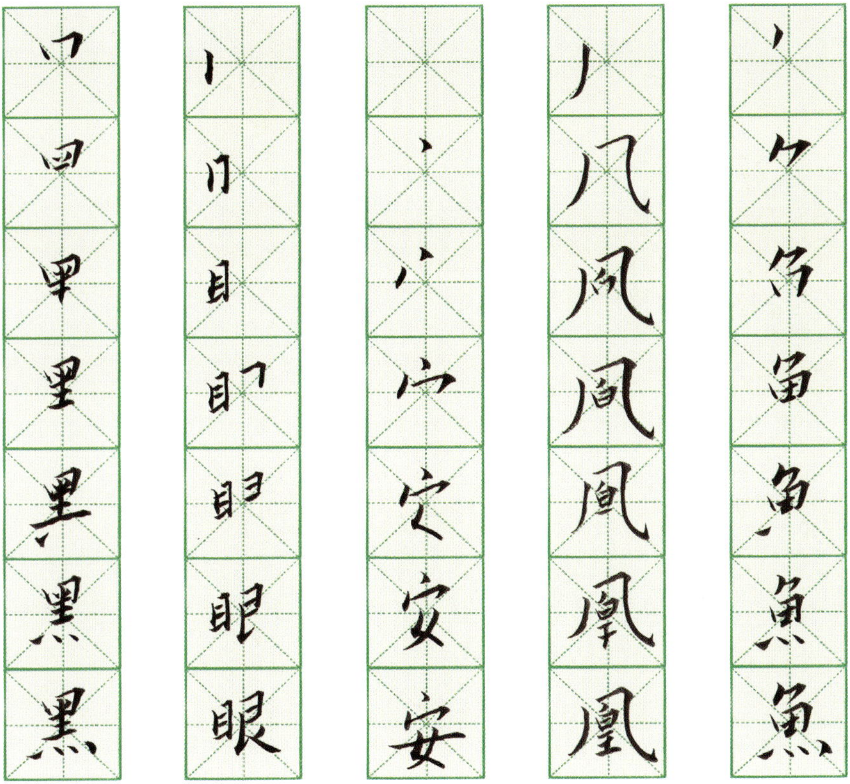

Noir	*Œil*	*Paix*	*Phénix*	*Poisson*
¯	ˇ	¯	´	´
hei	**yan**	**an**	**huang**	**yu**

春	紅	劍	野	密

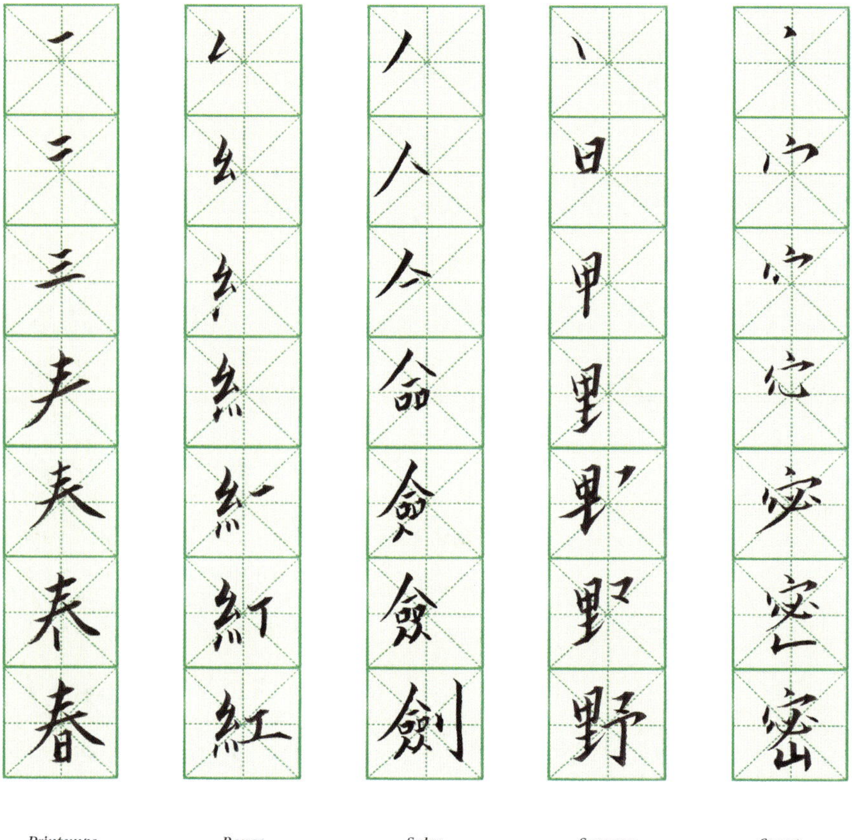

Printemps	*Rouge*	*Sabre*	*Sauvage*	*Secret*
chūn	**hóng**	**jiàn**	**yě**	**mì**

蛇	晚	羞	雷	飛
Serpent	*Soir*	*Timide*	*Tonnerre*	*Volant*
shé	**wǎn**	**xiū**	**léi**	**fēi**

Reproduit et achevé d'imprimer en mars 2013 par l'imprimerie Printer Portuguesa au Portugal
pour le compte des éditions ACTES SUD Le Méjan Place Nina-Berberova 13200 Arles
Dépôt légal : mai 2013